The sharing lion
El León que comparte

Efrat Haddi   Illustrations - Abira Das

The Sharing Lion

Written by Efrat Haddi
Illustrations by Abira Das

Copyright c 2014 by Efrat Haddi

First edition – 08/2014

El León queComParte

Escrito por EfratHaddi
Ilustracion es porAbira Das

Derechos de autor c 2015 por Efrat Haddi

Leo, a lion cub, lived with his family in the jungle of Africa. He had two best friends, Rose and Crown. Rose, a lioness, was about the same age as he was and Crown was a younger lion cub. The three lions loved to play together. One morning they pursued a flock of butterflies in the field. "Leo and Rose," yelled Crown suddenly. "Look, I found a cave." The three friends carefully approached the cave entrance. It was very dark and it was difficult to see inside. "It looks like a very large cave," said Leo. "I wonder what's inside it." "We shouldn't go inside the cave," said Crown. "There might be a large animal in there and it might attack us. Let's get out of here. I'm afraid." "We really shouldn't enter the cave," said Rose. "It is a big, dark cave. What will happen if we will lose our way and can't get out?" "I have to see what's inside the cave," said Leo. "I'm not afraid." Leo did feel a little scared but he didn't want to let his friends know. "Are you sure you want to enter?" asked Rose. "What if something bad happens to us?" "Nothing bad will happen to us," said Leo, "We will be careful and watch over one another." "Ok," said Rose. "I'll go behind you," said Crown, and all three went into the cave.

Leo, un cachorro de león, vivía con su familia en la selva de África. Tenía dos mejores amigos, Rose y Crown. Rose, la leona, tenía más o menos la misma edad que él y Crown era un cachorro de león más joven. Los tres leones amaban jugar juntos. Una mañana persiguieron una bandada de mariposas en el campo. "Leo y Rose", gritó Crown de repente. "Miren, encontré una cueva." Los tres amigos se acercaron con cuidado a la entrada de la cueva. Estaba muy oscuro y era difícil ver en su interior. "Parece que es una cueva muy grande", dijo Leo. "Me pregunto qué hay en su interior." "No debemos ir dentro de la cueva", dijo Crown. "Podría haber un animal grande allí y podría atacarnos. Salgamos de aquí. Tengo miedo." "Realmente no deberíamos entrar en la cueva", dijo Rose. "Es una cueva grande y oscura. ¿Qué sucederá si nos perdemos y no podemos salir?" "Tengo que ver lo que hay dentro de la cueva", dijo Leo. "Yo no tengo miedo." Leo tenía un poco de miedo, pero no quería que sus amigos lo sepan. "¿Seguro que deseas entrar?", preguntó Rose. "¿Y si algo malo nos sucede?" "Nada malo nos va a pasar", dijo Leo, "Vamos a tener cuidado y nos cuidaremos entre nosotros." "Ok", dijo Rose. "Iré detrás de ti", dijo Crown y los tres entraron en la cueva.

The three friends walked slowly and carefully. The cave was very large and they could hear the sound of water dripping down from the ceiling. They saw that the water had created a small pond on the floor. They noticed that there was an opening on the cave's ceiling, which let a few rays of sunlight into the cave and lit it up with a dim light. A flock of bats were hanging from the cave's ceiling and when they saw the three lions they flew out quickly through the opening. "Ugh, I hate bats," said Crown. "Look, I see something shimmering at the edge of the cave," whispered Rose. Leo and Crown looked where she was pointing .At the far wall of the cave, they saw a small shelf made of stone. On top of the shelf was something sparkling in red color. "You're right," said Leo. "Let's go see what it is."

Los tres amigos caminaron despacio y con cuidado. La cueva era muy grande y podían escuchar el sonido del agua cayendo desde el cielo. Observaron que el agua había creado un pequeño lago en el suelo. Notaron que había una abertura en el techo de la cueva, que permitía que unos pocos rayos de luz solar iluminaran con una luz tenue. Un grupo de murciélagos colgaba del techo de la cueva y cuando vieron los tres leones, volaron rápidamente por la abertura. "Ugh, no me gustan los murciélagos", dijo Crown. "Miren, veo algo brillando en el límite de la cueva", susurró Rose. Leo y Crown miraron donde ella señalaba con el dedo. Detrás de la gran pared de la cueva, vieron un pequeño estante hecho de piedra. Sobre el estante, había algo brillando de color rojo. "Tienes razón", dijo Leo. "Vamos a ver qué es."

As they approached the far wall of the cave, they saw a big diamond-shaped red gemstone. The rays of sun that were coming through the ceiling of the cave shed light on the stone and made it sparkle. "Wow, what a beautiful gem," said Rose as she approached it. "I've never seen such a beautiful gem," said Crown as he watched it sparkle.

Al acercarse a la pared lejana de la cueva, vieron una gema roja conforma de diamante. Los rayos del sol que venían a través del techo de la cueva dirigían la luz a la piedra y la hacían brillar. "Wow, qué hermosa gema", dijo Rose mientras se acercaba. "Nunca vi una gema tan preciosa", dijo Crown mientras la veía brillar.

"I told you that we should go into the cave," said Leo. "This is the most beautiful gem I've ever seen and I'll take it." "But I also want the gem," said Rose. "I want it too," said Crown. "What do you mean?" said Leo, "I took you into the cave, so therefore the gem should be mine." "I saw the sparkling gem first," said Rose. "Therefore the gem should be mine." "That's not fair," said Crown. "I discovered this cave and therefore the gem should be mine." They argued and argued and were unable to reach a decision about who will get to keep the sparkling gem.

Les dije que teníamos que meternos en la cueva", dijo Leo. "Esta es la gema más hermosa que jamás haya visto y la tomaré". "Pero yo también quiero la gema", dijo Rose. "Yo también la quiero", dijo Crown, "¿Qué quieren decir? Dijo Leo, "Yo los traje dentro de la cueva y por lo tanto, la piedra deberá ser mía." "Yo vi la gema brillante primero," dijo Rose. "No es justo", dijo Crown, "Yo descubrí esta cueva y por lo tanto la gema deberá ser mía." Ellos discutieron y discutieron y no lograron tomar ninguna decisión acerca de quién se quedaría con la brillante gema.

"Let's take the gem to Brave, my father," said Leo, after the three friends were tired of arguing. "He is the leader of the pack. We will tell him what happened and he will decide who should get to keep the gem." "Agreed," said Crown and Rose. Leo tried to take the gem but the gem didn't move. He tried to move it with his hands and mouth but nothing happened. "Let me try," said Rose but she also was unable to move the gem. Crown also tried to move the gem without success. "Very strange," said Leo," We can't take it. Let's go talk to my father and then we will come back here." All three lions walked out of the cave and went looking for Brave.

"Llevemos la gema a Brave, mi padre," dijo Leo luego de que los tres amigos estaban cansados de discutir. "Él es el líder de la manada. Le contaremos lo que sucedió y él decidirá quién se queda con la piedra." "De acuerdo", dijeron Rose y Crown. Leo intentó sacar la gema pero la gema no se movió. Intentó moverla con sus patas y su boca pero nada sucedió. "Déjenme intentar", dijo Rose pero ella tampoco logró mover la gema. Crown también probó mover la gema sin éxito. "Muy raro", dijo Leo. No podemos sacarla. Vayamos a hablar con mi padre y luego regresaremos aquí." Los tres leones salieron de la cueva y fueron en busca de Brave.

They found Brave sitting under his favorite giant tree watching the valley below. "Hello there," said Brave when he saw the three young lions running towards him. "Hi Dad," said Leo. "We need your help. Today while we were playing, Crown found a large cave. I persuaded my friends to go in and see what was inside. When we were inside, Rose saw a beautiful shiny red gem. We all want the gem and can't decide who should get it."

Encontraron a Brave sentado debajo de su árbol gigante favorito observando el valle hacia abajo. "Hola", dijo Brave cuando vio los tres leones corriendo hacia él. "Hola Papá", dijo Leo. "Necesitamos tu ayuda. Hoy mientras estábamos jugando, Crown encontró una gran cueva. Convencí a mis amigos para entrar y ver qué había dentro. Cuando estábamos dentro, Rose vio una hermosa gema roja brillante. Todos queremos la gema y no podemos decidir quién debe tenerla."

"And why don't all of you share the gem?" asked Brave. "It is impossible to share this beautiful gem," said Leo. "If we break it, all its beauty will disappear and no one will be able to play with it." "You don't need to break the gem," said Brave. "You are all best friends right?" "Yes," they all replied. "We are very good friends and love to play together." "Good friends should know how to share," said Brave. "Do you know why?" "Why?" they asked. "When good friends share," said Brave. "All of them can enjoy more. In order to share, each one of you must give up a little so that the others can enjoy too. This is what good friends do. For example, when we go hunting together, we all share what we caught right?" "True," they replied. "In your case," said Brave. "Crown found the cave. Leo led you into the cave and Rose found the sparkling gem .You all had an adventure together so all of you should share the gem that you found."

"¿Y por qué no comparten todos la gema?" preguntó Brave. "Es imposible compartir esta hermosa piedra," dijo Leo. "Si la rompemos, toda su belleza desaparecerá y nadie podrá jugar con ella." "No necesitan romper la gema," dijo Brave. "Ustedes son todos mejores amigos, ¿correcto?" "Si," respondieron todos." "Somos muy buenos amigos y nos gusta mucho jugar juntos." "Los buenos amigos deben aprender a compartir", dijo Brave. "¿Saben por qué? "¿Por qué?" preguntaron. "Cuando los buenos amigos comparten, todos pueden disfrutar más", dijo Brave. Para poder compartir, cada uno de ustedes debe dar un poco para que los demás pueden disfrutar también. Esto es lo que hacen los buenos amigos. Por ejemplo, cuando van a cazar juntos, todos compartimos lo que cazamos, ¿cierto?" "Verdad", ellos respondieron. "En el caso de ustedes", dijo Brave. "Crown descubrió la cueva. Leo los guió dentro de la cueva y Rose encontró la gema brillante. Todos tuvieron la aventura juntos y entonces todos deberían compartir lo que encontraron."

"But how can we share the gem?" asked Crown. "There are many ways to share with each other," said Brave. "You can decide that each one will get to play with the gem for one day , or you can play with it together when all three of you meet, or you might try to find more gems and replace them between you and play with all of them. You will decide how to share, as long as you will share. Because that's what best friends do." "Great idea," said Crown. "Let's play with the gem together. Okay?"

"¿Pero cómo podemos compartir la gema?", preguntó Crown. "Hay muchas maneras de compartir con los demás," dijo Brave. "Pueden decidir quién jugará con la piedra cada día, o pueden jugar con ella juntos cuando se encuentren, o podrían intentar encontrar más gemas y cambiarlas entre ustedes y jugar con todas ellas. Ustedes decidirán cómo compartir, mientras tanto la compartirán. Porque eso es lo que los mejores amigos hacen." "Buena idea", dijo Crown. "Juguemos juntos con la gema. ¿OK?

"Agreed," said Rose and Leo. "But one moment," said Crown. "There is another problem. We tried to move the gem, but we couldn't move it." "I know," laughed Brave. "I didn't tell you this before, but you found the sharing gem. This magical gem was lost in the cave many years ago. Only those who are willing to share it with others will be able to move it." "So what should we do?," asked Leo. "Go back to the cave," said Brave. "And lift the gem together. Then you will be able to share it and play with it."

"De acuerdo", dijeron Rose y Leo. "Pero un momento," dijo Crown. "Hay otro problema. Intentamos mover la gema, pero no pudimos moverla." "Lo sé", se rio Brave. "No le dije esto antes, pero encontraron la gema para compartir. Esta gema mágica se perdió en la cueva muchos años atrás. Sólo aquellos que estén dispuestos a compartirla podrán moverla." "Entonces, ¿qué debemos hacer?," preguntó Leo. "Regresen a la cueva," dijo Brave. "y levántenla juntos. Ahí podrán compartirla y jugar con ella."

Leo, Rose and Crown hurried back to the cave. They held the gem together and succeeded to move it quickly from its stone shelf. "Once we agreed to share," said Leo. "Everything became easy." "Now we all can enjoy more," said Rose. "Let's go outside and play with the magic gem," said Crown. Cheerful and happy all three friends went out of the cave to the valley tossing the magic gem up in the air and laughing out loud.

Leo, Rose y Crown regresaron rápido a la cueva. Tomaron la gema juntos y lograron moverla rápidamente del estante de piedra. "Una vez que decidimos compartir, todo resulta más fácil." dijo Leo. "Ahora todos podemos disfrutar más," dijo Rose. "Vayamos afuera y juguemos con la gema mágica," dijo Crown. Entusiasmados y felices, los tres amigos salieron de la cueva hacia el valle llevando la gema mágica en el aire y riéndose muy fuerte.

For more GREAT books please visit
Efrat Haddi Author page

Para más GRANDES libros, por favor
visite la página de la autora Efrat
Haddi

Made in the USA
Monee, IL
31 May 2022

97293340R00017